El Mundo de

Lynette

Libro 1

Lynette. Números y Colores
de Beatriz Fuentes

Libro 1
El Mundo de Lynette

Copyright © 2017 por Beatriz Fuentes Lugo

Primera edición: Mayo 2017.

Editorial: LEF Ediciones.
Diseño de Portada: Trixie Marty.
Ilustraciones: Marisa Herzlo.
Gráficos adicionales: www.freepik.com.

ISBN: 978-3-9524792-2-3

www.beatrizfuentes.com

Lynette

Números y Colores

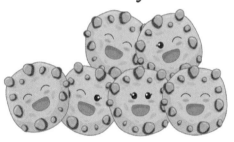

Beatriz Fuentes

Lynette es una niña, la más pequeña en la casa, tiene el pelo castaño y grandes ojos avellana.

Esta mañana Lynette se levantó más temprano que todos, caminó hacia la cocina y de pie frente al enorme refrigerador contemplaba un gigantesco frasco repleto de galletas con chispas de chocolate.
El recipiente de galletas
estaba sobre el refrigerador
y la pequeña niña por
más que se estiró
y se estiró no logró
alcanzarlo.

Entonces, la niña vio en el piso **1** diminuta hormiguita *roja*. Lynette se tiró de panza y le habló.

- Hola hormiguita *roja*, quiero comer una galleta, pero no alcanzo el frasco que está sobre el refrigerador, ¿puedes ayudarme?. –Preguntó.

- Soy muy pequeña y aunque puedo escalar por un costado del refrigerador, yo no podría cargar una galleta completa. Lo lamento, no puedo ayudarte. –Dijo la hormiguita *roja* y se alejó marchando.

2 Minutos después una abeja *amarilla* zumbaba y se posó en una de las macetas con flores que estaban en el piso. Lynette se acercó y le habló.

- Hola abeja *amarilla*, quiero comer una galleta, pero no alcanzo el frasco que está sobre el refrigerador, ¿puedes ayudarme?. –Preguntó.

- Soy muy pequeña y aunque puedo volar hasta el frasco de galletas sobre el refrigerador, no tengo manos para retirar la tapadera y sujetar una galleta. Lo lamento, pero no puedo ayudarte. –Dijo la abeja *amarilla* y se alejó zumbando.

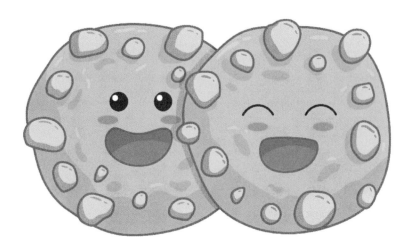

3 Minutos más tarde un saltamontes *verde* brincaba arriba y abajo hasta que se detuvo sobre una silla del comedor, estiró sus patas y comenzó a cantar "trutu-trutu". Lynette se acercó y le habló.

- Hola saltamontes *verde*, quiero comer una galleta, pero no alcanzo el frasco que está sobre el refrigerador, ¿puedes ayudarme?. –Preguntó.

- Yo soy buen saltador y aunque puedo brincar hasta el frasco de galletas sobre el refrigerador, no tengo manos para retirar la tapadera y sujetar una galleta. Lo lamento, pero no puedo ayudarte. –Dijo el saltamontes *verde* y se marchó saltando arriba y abajo.

4 Minutos después una mariposa *azul* volaba de aquí para allá hasta que se detuvo en una flor que adornaba el florero *encima* de la mesa de la cocina. Lynette se acercó y le habló.

- Hola mariposa *azul*, quiero comer una galleta, pero no alcanzo el frasco que está *sobre* el refrigerador, ¿puedes ayudarme?. –Preguntó.

- Yo soy buena desplazándome de un lugar a otro y aunque puedo volar hasta el frasco de galletas sobre el refrigerador, no tengo manos para retirar la tapadera y sujetar una galleta. Lo lamento, pero no puedo ayudarte. –Dijo la mariposa *azul* y se marchó volando de allá para acá.

5 Minutos más tarde un ratón *gris* salió corriendo rápidamente de su agujero y se introdujo en la alacena. Lynette se acercó y abrió la puerta, el ratón *gris* se paró sobre sus patas traseras mientras que con las delanteras sujetaba un trozo de queso.

- Hola ratón *gris*, quiero comer una galleta, pero no alcanzo el frasco que está sobre el refrigerador, ¿puedes ayudarme?. –Preguntó.

- Yo soy buen corredor y aunque puedo escabullirme hasta el frasco de galletas sobre el refrigerador, ahora estoy de prisa, debo llevar a casa este trozo de queso, tengo invitados a desayunar y están por llegar en cualquier momento. Lo lamento, pero no puedo ayudarte. –Dijo el ratón *gris* y sujetando el trozo de queso con la cola, se marchó corriendo de regreso a su agujero.

18

19

6 Minutos después un conejo *café* llegó dando saltos y piruetas a la derecha y a la izquierda, saltó a la mesa de la cocina en donde había un recipiente con frutas y verduras, tomó una gran zanahoria y la mordió. Lynette se acercó a la mesa de la cocina y le habló.

- Hola conejo *café*, quiero comer una galleta, pero no alcanzo el frasco que está sobre el refrigerador, ¿puedes ayudarme?. –Preguntó.

- Yo soy muy bueno haciendo piruetas y aunque puedo llegar con un salto hasta el frasco de galletas sobre el refrigerador, me asustan las alturas. Lo lamento, pero no puedo ayudarte. –Dijo el conejo *café* y se marchó haciendo piruetas saltando a la *izquierda* y a la *derecha*.

21

7 Minutos más tarde un gato beige entró a la cocina caminando muy silencioso y bostezando. Lynette se le acercó y le habló.

- Hola gato *beige*, quiero comer una galleta, pero no alcanzo el frasco que está sobre el refrigerador, ¿puedes ayudarme?. –Preguntó.

- Yo puedo brincar muy alto y alcanzar el refrigerador, tengo patas y puedo abrir el frasco y sujetar una galleta, pero brincar alto me cansa mucho y ahora estoy muy fatigado, toda la noche le maullé a la luna y quiero tomar mi siesta. Lo siento mucho, no puedo ayudarte. –Dijo el gato *beige* levantando la cola, luego se acurrucó en su canasto y se durmió.

8 minutos después un zorro *anaranjado* saltó a través de la ventana abierta y entró a hurtadillas en la cocina, caminando agazapado se acercó a la huevera y se dispuso a devorar los huevos. Lynette se le acercó y le habló.

- Hola zorro *anaranjado*, quiero comer una galleta, pero no alcanzo el frasco que está sobre el refrigerador, ¿puedes ayudarme?. –Preguntó.

- Yo soy muy astuto puedo alcanzar sin problemas el frasco de galletas sobre el refrigerador, tengo patas y puedo retirar la tapadera y sujetar una galleta, pero no tengo mucho tiempo, alguien podría venir y descubrirme. –Dijo el zorro *anaranjado* relamiéndose los bigotes mientras caminaba agazapado escurriéndose por la puerta que conduce al jardín.

9 Minutos más tarde un perro *negro* entró jugueteando con una pelota. Lynette se le acercó y le habló.

- Hola perro *negro*, quiero comer una galleta, pero no alcanzo el frasco que está sobre el refrigerador, ¿puedes ayudarme?. –Preguntó.

- Yo soy muy grande y puedo alcanzar sin problemas el frasco de galletas encima del refrigerador, tengo patas y puedo abrir el frasco y sujetar una galleta, pero ahora estoy jugando con mi pelota. Lo lamento, no puedo ayudarte. –Dijo el perro *negro* y se fue al jardín a jugar con su pelota.

10 Minutos después entró apresurada a la cocina la mamá de Lynette, estaba vestida con un traje color *arco iris* y abrió de inmediato el refrigerador, sacó una botella de leche y otra de jugo de naranja, un frasco de mermelada y una barra de mantequilla y los colocó sobre la mesa de la cocina.

Lynette se acercó a ella mientras preparaba emparedados de mermelada y le habló.

- Hola mamá, quiero comer una galleta, pero no alcanzo el frasco que está sobre el refrigerador, ¿puedes ayudarme?. –Preguntó.

- Claro Lynette, pero te las comes con leche, ¿de acuerdo?.

- De acuerdo.

La mamá de Lynette bajó el frasco de galletas con chispas de chocolate, retiró la tapa, colocó varias galletas en un plato y luego sirvió un vaso de leche y finalmente Lynette desayunó muuuuchas galletas y un graaaan vaso de leche.

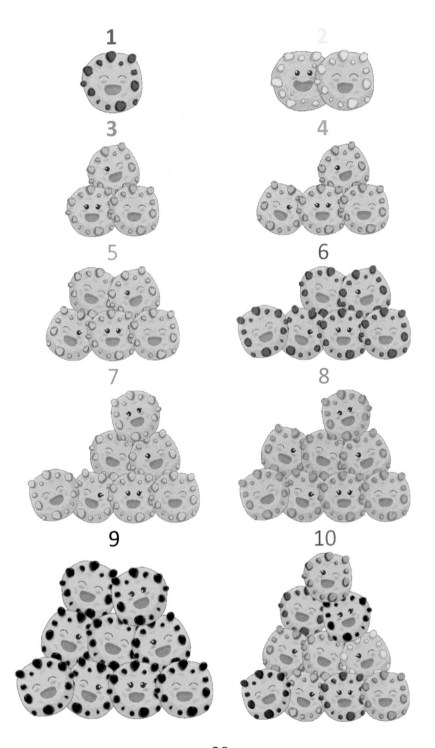

Visita mi página en Facebook.

 Beatriz Fuentes-Oficial

Visita mi página web.

 www.beatrizfuentes.com

Sígueme en Instagram.

 _beatrizfuentes

LEF
Ediciones
Leer es Fundamental